ガンバレ！にほんご

加油！日本語

2

練習帳

大新書局　印行

1 填入適當語詞，完成下列對話。

店の人：（　　　　　　　　　）。

　　陳：りんごを（　　　　　　　　）。１個
　　　　（　　　　　　　　　）ですか。

店の人：１個　150円です。

　　陳：じゃ、バナナは？

店の人：バナナは　5本（　　　　　　　　）200円です。

　　陳：じゃ、リンゴ　ひとつ（　　　　　　　）バナ
　　　　ナを　5本ください。

店の人：ありがとう　ございます。

ください　　いくつ　　は　　と　　いくら
いらっしゃいませ　　ふたつ　　で

2 請將下面的字詞重組後，寫出完整的句子。

1. ください／を／10本／バナナ

_____

2. いくら／傘／です／か／この／は

_____

3. は／3つ／です／で／500円／りんご

_____

4. か／何本／は／あります／鉛筆

_____

3 請為漢字加注平假名。

1. 新聞＿＿＿＿＿＿＿＿　　**2.** 切手＿＿＿＿＿＿＿＿

3. 一個＿＿＿＿＿＿＿＿　　**4.** 帽子＿＿＿＿＿＿＿＿

5. 焼きそば＿＿＿＿＿＿　　**6.** 靴下＿＿＿＿＿＿＿＿

7. …枚＿＿＿＿＿＿＿＿　　**8.** …冊＿＿＿＿＿＿＿＿

9. …人＿＿＿＿＿＿＿＿　　**10.** …円＿＿＿＿＿＿＿

4 翻譯

1. 麵包＿＿＿＿＿＿＿＿　　**2.** 錢包＿＿＿＿＿＿＿＿

3. 郵票＿＿＿＿＿＿＿＿　　**4.** 大衣＿＿＿＿＿＿＿＿

5. 報紙＿＿＿＿＿＿＿＿

6. 請給我五塊蛋糕。

＿＿＿＿＿＿＿＿＿＿＿＿＿＿＿＿＿＿＿＿＿＿

7. 這本雜誌多少錢？

＿＿＿＿＿＿＿＿＿＿＿＿＿＿＿＿＿＿＿＿＿＿

8. 原子筆一枝 100 日圓。

＿＿＿＿＿＿＿＿＿＿＿＿＿＿＿＿＿＿＿＿＿＿

9. 有幾雙襪子？

＿＿＿＿＿＿＿＿＿＿＿＿＿＿＿＿＿＿＿＿＿＿

10. 這個蘋果很便宜喔！

＿＿＿＿＿＿＿＿＿＿＿＿＿＿＿＿＿＿＿＿＿＿

1 填入適當語詞，完成下列對話。

陳：明日は　日曜日ですね。

田中：（　　　　　　　　）ね。

陳：休みの　日は（　　　　　　　　）に　起きますか。

田中：10時ごろ（　　　　　　　　）。

陳：私は　6時に　起きます。

田中：朝　6時ですか。（　　　　　　　　）ですね。

早い　　そうです　　起きます　　寝ます　　に きれい　　から　　何時

2 請將下面的字詞重組後，寫出完整的句子。

1. 起きます／7時／は／田中さん／に／朝

_____

2. 何時／毎朝／か／に／起きます

_____

3. から／か／試験／です／いつ／は

_____

4. 誕生日は／4月8日／の／です／私

_____

3 請為漢字加注平假名。

1. 每朝＿＿＿＿＿＿＿＿　**2.** 每晚＿＿＿＿＿＿＿＿

3. 起きます＿＿＿＿＿＿　**4.** 寝ます＿＿＿＿＿＿＿

5. 夏休み＿＿＿＿＿＿＿　**6.** 試験＿＿＿＿＿＿＿＿

7. 誕生日＿＿＿＿＿＿＿　**8.** 卒業式＿＿＿＿＿＿＿

9. 早い＿＿＿＿＿＿＿＿　**10.** 〜曜日＿＿＿＿＿＿＿

4 翻譯

1. 早上＿＿＿＿＿＿＿＿　**2.** 休息＿＿＿＿＿＿＿＿

3. 星期二＿＿＿＿＿＿＿　**4.** 星期四＿＿＿＿＿＿＿

5. 派對＿＿＿＿＿＿＿＿

6. 今天是星期三。

＿＿＿＿＿＿＿＿＿＿＿＿＿＿＿＿＿＿＿＿＿＿＿＿＿＿＿＿

7. 陳同學的生日在 7 月。

＿＿＿＿＿＿＿＿＿＿＿＿＿＿＿＿＿＿＿＿＿＿＿＿＿＿＿＿

8. 每天晚上幾點睡？

＿＿＿＿＿＿＿＿＿＿＿＿＿＿＿＿＿＿＿＿＿＿＿＿＿＿＿＿

9. 星期天 9 點左右起床。

＿＿＿＿＿＿＿＿＿＿＿＿＿＿＿＿＿＿＿＿＿＿＿＿＿＿＿＿

10. 國慶日是幾月幾日？

＿＿＿＿＿＿＿＿＿＿＿＿＿＿＿＿＿＿＿＿＿＿＿＿＿＿＿＿

1 填入適當語詞，完成下列對話。

田中：陳さん、冬休み（　　　　　　　）台湾へ　帰り
　　　ますか。

　陳：いいえ、（　　　　　　　　）。田中さんは
　　　（　　　　　　　　）へ　行きますか。

田中：僕は　いなかへ（　　　　　　　　）。

　陳：飛行機（　　　　　　　）帰りますか。

田中：いいえ、新幹線です。

を　　どこ　　帰ります　　帰りません　　で
行きます　　行きません　　に

2 請將下面的字詞重組後，寫出完整的句子。

1. 3月／へ／台湾／私／に／は／来ました

_____

2. 行きます／へ／いつ／か／大阪

_____

3. バス／陳さん／帰ります／は／で

_____

4. で／うち／か／何／帰ります／まで

_____

3 請為漢字加注平假名。

1. 行きます＿＿＿＿＿＿＿＿　2. 来ます＿＿＿＿＿＿＿＿＿

3. 帰ります＿＿＿＿＿＿＿＿　4. 本屋＿＿＿＿＿＿＿＿＿＿

5. 大阪＿＿＿＿＿＿＿＿＿＿　6. 駅＿＿＿＿＿＿＿＿＿＿＿

7. 電車＿＿＿＿＿＿＿＿＿＿　8. 飛行機＿＿＿＿＿＿＿＿＿

9. 福岡＿＿＿＿＿＿＿＿＿＿　10. 東京＿＿＿＿＿＿＿＿＿＿

4 翻譯

1. 公車＿＿＿＿＿＿＿＿＿＿　2. 寒假＿＿＿＿＿＿＿＿＿＿

3. 飛機＿＿＿＿＿＿＿＿＿＿　4. 下個月＿＿＿＿＿＿＿＿＿

5. 書店＿＿＿＿＿＿＿＿＿＿

6. 要去哪裡？

＿＿＿＿＿＿＿＿＿＿＿＿＿＿＿＿＿＿＿＿＿＿＿＿＿＿＿＿＿＿

7. 要怎麼來？

＿＿＿＿＿＿＿＿＿＿＿＿＿＿＿＿＿＿＿＿＿＿＿＿＿＿＿＿＿＿

8. 走路去車站。

＿＿＿＿＿＿＿＿＿＿＿＿＿＿＿＿＿＿＿＿＿＿＿＿＿＿＿＿＿＿

9. 故鄉在哪裡？

＿＿＿＿＿＿＿＿＿＿＿＿＿＿＿＿＿＿＿＿＿＿＿＿＿＿＿＿＿＿

10. 我搭新幹線回高雄。

＿＿＿＿＿＿＿＿＿＿＿＿＿＿＿＿＿＿＿＿＿＿＿＿＿＿＿＿＿＿

1 填入適當語詞，完成下列對話。

陳：明日は　日曜日ですね。

里奈：そうです（　　　　　　　）。陳さんは　何
　　　（　　　　　　　　）しますか。

陳：午前中は　洗たくを　します。（　　　　　　）
　　は　日本語を　勉強します。

里奈：私は　一日中　うち（　　　　　　）テレビを
　　（　　　　　　）。

| 午後 | 午後中 | へ | で | 見ます | ね |
| します | を | | | | |

2 請將下面的字詞重組後，寫出完整的句子。

1. 食べます／何／は／今日／を／か

_____

2. しません／も／は／明日／何

_____

3. 勉強します／か／を／で／どこ／日本語

_____

4. デパート／は／帽子／で／買います／私／を

_____

3 請為漢字加注平假名。

1. 食べます＿＿＿＿＿＿＿＿＿ **2.** 飲みます＿＿＿＿＿＿＿＿＿

3. 買います＿＿＿＿＿＿＿＿＿ **4.** 撮ります＿＿＿＿＿＿＿＿＿

5. 書きます＿＿＿＿＿＿＿＿＿ **6.** 勉強します＿＿＿＿＿＿＿＿

7. 写真＿＿＿＿＿＿＿＿＿＿＿ **8.** 食堂＿＿＿＿＿＿＿＿＿＿＿

9. 手紙＿＿＿＿＿＿＿＿＿＿＿ **10.** 午前中＿＿＿＿＿＿＿＿＿＿

4 翻譯

1. 電視＿＿＿＿＿＿＿＿＿＿＿ **2.** 襯衫＿＿＿＿＿＿＿＿＿＿＿

3. 宿舍＿＿＿＿＿＿＿＿＿＿＿ **4.** 一整天＿＿＿＿＿＿＿＿＿＿

5. 拉麵＿＿＿＿＿＿＿＿＿＿＿

6. 洗衣服。

＿＿＿＿＿＿＿＿＿＿＿＿＿＿＿＿＿＿＿＿＿＿＿＿＿

7. 下午要寫信。

＿＿＿＿＿＿＿＿＿＿＿＿＿＿＿＿＿＿＿＿＿＿＿＿＿

8. 什麼也不買。

＿＿＿＿＿＿＿＿＿＿＿＿＿＿＿＿＿＿＿＿＿＿＿＿＿

9. 在咖啡店喝果汁。

＿＿＿＿＿＿＿＿＿＿＿＿＿＿＿＿＿＿＿＿＿＿＿＿＿

10. 在哪裡念日文？

＿＿＿＿＿＿＿＿＿＿＿＿＿＿＿＿＿＿＿＿＿＿＿＿＿

1 填入適當語詞，完成下列對話。

陳：お正月は（　　　　　　　）行きましたか。

里奈：家族と　神社へ　行きました。陳さんは？

陳：私は　どこへも（　　　　　　　）。友だちと
　　うち（　　　　　　）過ごしました。

里奈：今年（　　　　　　）お正月は　寒かったですね。

陳：そうですね。私は　ずっと　うち（　　　　　　）
　　いました。

何を　　で　　へ　　行きました　　どこへ
行きませんでした　　に　　の

---

2 請將下面的字詞重組後，寫出完整的句子。

1. 行きました／へ／日本／去年

_____

2. も／日曜日／は／しませんでした／何

_____

3. は／この／安かったです／本

_____

4. 友だち／行きました／図書館／と／へ

_____

3 請為漢字加注平假名。

1. 過ごします＿＿＿＿＿＿ **2.** 今朝＿＿＿＿＿＿＿＿

3. 昨日＿＿＿＿＿＿＿＿ **4.** 今年＿＿＿＿＿＿＿＿

5. 正月＿＿＿＿＿＿＿＿ **6.** 恋人＿＿＿＿＿＿＿＿

7. 楽しい＿＿＿＿＿＿＿ **8.** 旅行＿＿＿＿＿＿＿＿

9. 家族＿＿＿＿＿＿＿＿ **10.** 妹＿＿＿＿＿＿＿＿＿

4 翻譯

1. 去年＿＿＿＿＿＿＿＿ **2.** 前年＿＿＿＿＿＿＿＿

3. 一直＿＿＿＿＿＿＿＿ **4.** 買東西＿＿＿＿＿＿＿

5. 室友＿＿＿＿＿＿＿＿

6. 前天和朋友去遊樂園。

＿＿＿＿＿＿＿＿＿＿＿＿＿＿＿＿＿＿＿＿＿＿＿＿＿＿＿

7. 昨天沒有看電視。

＿＿＿＿＿＿＿＿＿＿＿＿＿＿＿＿＿＿＿＿＿＿＿＿＿＿＿

8. 東京（先前）很冷。

＿＿＿＿＿＿＿＿＿＿＿＿＿＿＿＿＿＿＿＿＿＿＿＿＿＿＿

9.（之前看過的）這本書不怎麼好看。

＿＿＿＿＿＿＿＿＿＿＿＿＿＿＿＿＿＿＿＿＿＿＿＿＿＿＿

10. 新年在美國渡過了。

＿＿＿＿＿＿＿＿＿＿＿＿＿＿＿＿＿＿＿＿＿＿＿＿＿＿＿

1 模仿例子範例，寫出動詞的變化。

例	食べます	食べません	食べました	食べませんでした
1.			ありました	
2.	買います			
3.		書きません		
4.	勉強します			
5.		行きません		
6.				飲みませんでした
7.			来ました	
8.				いませんでした
9.	起きます			
10.		見ません		

2 請從中各選出一個名詞和動詞，完成句子。

名　詞	動　詞
テレビ	行きます
写真	飲みます
学校	帰ります
シャツ	見ます
ラーメン	買います
ジュース	撮ります
うち	食べます

例 ＿シャツ＿＿＿＿＿（　を　）買います。＿＿＿＿

1. ＿＿＿＿＿＿＿＿（　　　）＿＿＿＿＿＿＿

2. ＿＿＿＿＿＿＿＿（　　　）＿＿＿＿＿＿＿

3. ＿＿＿＿＿＿＿＿（　　　）＿＿＿＿＿＿＿

4. ＿＿＿＿＿＿＿＿（　　　）＿＿＿＿＿＿＿

5. ＿＿＿＿＿＿＿＿（　　　）＿＿＿＿＿＿＿

6. ＿＿＿＿＿＿＿＿（　　　）＿＿＿＿＿＿＿

１ 月	＿＿＿＿＿＿＿＿	２ 月	＿＿＿＿＿＿＿＿
３ 月	＿＿＿＿＿＿＿＿	４ 月	＿＿＿＿＿＿＿＿
５ 月	＿＿＿＿＿＿＿＿	６ 月	＿＿＿＿＿＿＿＿
７ 月	＿＿＿＿＿＿＿＿	８ 月	＿＿＿＿＿＿＿＿
９ 月	＿＿＿＿＿＿＿＿	10 月	＿＿＿＿＿＿＿＿
11 月	＿＿＿＿＿＿＿＿	12 月	＿＿＿＿＿＿＿＿

4 請將下列日期的唸法以平假名寫出來。

１ 日	＿＿＿＿＿＿＿＿	２ 日	＿＿＿＿＿＿＿＿
３ 日	＿＿＿＿＿＿＿＿	４ 日	＿＿＿＿＿＿＿＿
５ 日	＿＿＿＿＿＿＿＿	６ 日	＿＿＿＿＿＿＿＿
７ 日	＿＿＿＿＿＿＿＿	８ 日	＿＿＿＿＿＿＿＿
９ 日	＿＿＿＿＿＿＿＿	10 日	＿＿＿＿＿＿＿＿
11 日	＿＿＿＿＿＿＿＿	14 日	＿＿＿＿＿＿＿＿
20 日	＿＿＿＿＿＿＿＿	25 日	＿＿＿＿＿＿＿＿
30 日	＿＿＿＿＿＿＿＿	31 日	＿＿＿＿＿＿＿＿

5 請於＿＿＿＿中填入適當的動詞。

1. うちで　テレビを　＿＿＿＿＿＿＿＿＿＿＿＿

2. スーパーで　バナナを　＿＿＿＿＿＿＿＿＿＿＿

3. 学校で　日本語を　＿＿＿＿＿＿＿＿＿＿＿＿

4. 喫茶店で　コーヒーを　＿＿＿＿＿＿＿＿＿＿

5. デパートで　コートを　＿＿＿＿＿＿＿＿＿＿

6. 動物園で　写真を　＿＿＿＿＿＿＿＿＿＿＿＿

7. 食堂で　ごはんを　＿＿＿＿＿＿＿＿＿＿＿＿

8. 映画館で　恋愛映画を　＿＿＿＿＿＿＿＿＿＿

9. 公園で　野球を　＿＿＿＿＿＿＿＿＿＿＿＿＿

10. 部屋で　手紙を　＿＿＿＿＿＿＿＿＿＿＿＿

6 模仿例句，填入適當的量詞，並在底線上填入正確的數量詞的假名。

例 けさ　みかんを　１（個）食べました。
　　いっこ
_____

1. 50 円の　切手を　4（　　　　　）ください。

_____

2. 机の　上に　鉛筆が　8（　　　　　）あります。

_____

3. その　ノートは　１（　　　　　）いくらですか。

_____

4. 学校に　留学生が　5（　　　　　）います。

_____

5. この　靴下は　3（　　　　　）1000 円です。

_____

6. ボールペンを　2（　　　　　）買いました。

_____

7. 里奈さんは　妹が　１（　　　　　）います。

_____

7 模仿例句，填入正確的助詞。

例 明日（は）木曜日です

1. 陳さん（　　　　）毎朝　6時半（　　　　）起きます。

2. 私（　　　　）飛行機（　　　　）高雄（　　　　）帰ります。

3. 昨日　図書館（　　　　）勉強しました。

4. 友達（　　　　）MRT（　　　　）台北（　　　　）行きます。

5. デパート（　　　　）桃（　　　　）5個　買いました。

6. 毎晩　うち（　　　　）家族（　　　　）テレビ（　　　　）見ます。

7. けさ　バス（　　　　）学校（　　　　）来ました。

8. 今年（　　　　）お正月（　　　　）あまり　寒くなかったです。

9. おととい　どこへ（　　　　）行きませんでした。

10. 去年　恋人（　　　　）新幹線（　　　　）大阪（　　　　）行きました。

8 看圖造句。

例

バスが　１台　あります。

1.

_____

2.

_____

3.

_____

4.

_____

9 模仿例句，填入適當的詞彙。

例 A：毎晩　（何時）に　寝ますか。

　　B：11時に　寝ます。

1. A：今日（　　　　　）と　学校へ　来ましたか。

　　B：友だちと　来ました。

2. A：（　　　　　）で　いなかへ　帰りますか。

　　B：新幹線で　帰ります。

3. A：日曜日に（　　　　　）へ　行きますか。

　　B：家族と　博物館へ　行きます。

4. A：（　　　　　）福岡へ　行きましたか。

　　B：去年　行きました。

5. A：毎朝（　　　　　）に　起きますか。

　　B：7時に　起きます。

6. A：（　　　　　）で　日本語を　勉強しましたか。

　　B：学校で　勉強しました。

7. A：昨日の　晩（　　　　　）を　食べましたか。

　　B：やきそばを　食べました。

8. A：この　パンは　ひとつ（　　　　　）ですか。

　　B：130円です。

10 模仿例句，使用括號內的時間名詞，並自行加入適當的助詞完成下列各句。

例 飛行機・台湾・帰ります（来週）

　　来週　飛行機で　台湾へ　帰ります。

1. 8時・起きます（けさ）

　　けさ

2. 図書館・勉強します（昨日）

　　昨日

3. バス・いなか・帰ります（明日）

　　明日

4. うち・テレビ・見ます（毎晩）

　　毎晩

5. 恋人・ディズニーランド・行きます（去年）

　　去年

6. パン・ひとつ・食べます（毎朝）

　　毎朝

11 回答下列問題。

1. あなたの　誕生日は　いつですか。

_____

2. 毎晩　何時に　寝ますか。

_____

3. 家に　傘が　何本　ありますか。

_____

4. あなたの　いなかは　どこですか。

_____

5. お正月は　どこへ　行きましたか。

_____

第 16 課

1 填入適當語詞，完成下列對話。

田中：陳さん、旅行は（　　　　　　）でしたか。

　陳：とても　楽しかったです。

田中：秋の　箱根は　よかった（　　　　　　）。

　陳：はい、紅葉（　　　　　　）きれい

　　　（　　　　　　）。

田中：温泉（　　　　　　）入りましたか。

　陳：はい。すごく　気持ちが　よかったです。

でしょう	は	が	に	どう	どこ
です	でした				

2 請將下面的字詞重組後，寫出完整的句子。

1. は／きれいでした／とても／京都

_____

2. じゃ／休み／昨日／ありませんでした／は

_____

3. ルームメートでした／は／の／人／あの／以前／兄

_____

4. おととい／は／にぎやかだったでしょう／パーティー／の

_____

3 請為漢字加注平假名。

1. 秋＿＿＿＿＿＿＿＿＿　　2. 紅葉＿＿＿＿＿＿＿＿＿

3. 静か＿＿＿＿＿＿＿＿＿　　4. 簡単＿＿＿＿＿＿＿＿＿

5. 旅館＿＿＿＿＿＿＿＿＿　　6. 京都＿＿＿＿＿＿＿＿＿

7. 温泉＿＿＿＿＿＿＿＿＿　　8. 気持ち＿＿＿＿＿＿＿＿＿

9. 海＿＿＿＿＿＿＿＿＿　　10. 台所＿＿＿＿＿＿＿＿＿

4 翻譯

1. 前輩＿＿＿＿＿＿＿＿＿　　2. 非常＿＿＿＿＿＿＿＿＿

3. 飯店＿＿＿＿＿＿＿＿＿　　4. 工程師＿＿＿＿＿＿＿＿＿

5. 感覺很好＿＿＿＿＿＿＿

6.（剛才的）溫泉怎麼樣？

＿＿＿＿＿＿＿＿＿＿＿＿＿＿＿＿＿＿＿＿＿＿＿＿

7. 京都的旅館（過去）很安靜。

＿＿＿＿＿＿＿＿＿＿＿＿＿＿＿＿＿＿＿＿＿＿＿＿

8. 王先生（以前）不親切。

＿＿＿＿＿＿＿＿＿＿＿＿＿＿＿＿＿＿＿＿＿＿＿＿

9. 這裡以前是食堂。

＿＿＿＿＿＿＿＿＿＿＿＿＿＿＿＿＿＿＿＿＿＿＿＿

10.（剛剛）車站很熱鬧吧。

＿＿＿＿＿＿＿＿＿＿＿＿＿＿＿＿＿＿＿＿＿＿＿＿

1 填入適當語詞，完成下列對話。

田中：陳さん、日曜日に（　　　　　　　　）行きましたか。

　陳：はい、太陽デパートへ　行きました。

田中：あの　駅前（　　　　　　　）新しい　デパート
　　　ですね。（　　　　　　　）でしたか。

　陳：大きくて　きれいな　デパートでした。

田中：（　　　　　　　）物を　買いましたか。

　陳：服（　　　　　　　）食べ物を　買いました。

どこかへ	の	どこへも	どんな	どう
何	も	や		

2 請將下面的字詞重組後，寫出完整的句子。

1. やさしい／親切／は／で／陳さん／です

_____

2. です／料理／安くて／は／この／おいしい

_____

3. へ／か／どこか／冬休み／行きます

_____

4. レストラン／どうでした／の／駅前／か／は

_____

3 請為漢字加注平假名。

1. 新しい＿＿＿＿＿＿＿　　**2.** 美しい＿＿＿＿＿＿＿

3. 汚い＿＿＿＿＿＿＿　　　**4.** 便利＿＿＿＿＿＿＿＿

5. 料理＿＿＿＿＿＿＿　　　**6.** 食べ物＿＿＿＿＿＿＿

7. 服＿＿＿＿＿＿＿＿　　　**8.** 絵＿＿＿＿＿＿＿＿＿

9. 太陽＿＿＿＿＿＿＿　　　**10.** 靴＿＿＿＿＿＿＿＿＿

4 翻譯

1. 吵雜的＿＿＿＿＿＿＿　　**2.** 公寓＿＿＿＿＿＿＿＿＿

3. 餐廳＿＿＿＿＿＿＿＿　　**4.** 方便的東西＿＿＿＿＿＿

5. 髒的房間＿＿＿＿＿＿＿

6. 福岡（以前）是怎麼樣的地方？

＿＿＿＿＿＿＿＿＿＿＿＿＿＿＿＿＿＿＿＿＿＿＿＿＿＿

7. 這裡既安靜又整潔。

＿＿＿＿＿＿＿＿＿＿＿＿＿＿＿＿＿＿＿＿＿＿＿＿＿＿

8. 我的老師既溫柔又英俊。

＿＿＿＿＿＿＿＿＿＿＿＿＿＿＿＿＿＿＿＿＿＿＿＿＿＿

9. 今天早上吃了既甜又好吃的麵包。

＿＿＿＿＿＿＿＿＿＿＿＿＿＿＿＿＿＿＿＿＿＿＿＿＿＿

10. 教室裡有人在嗎？

＿＿＿＿＿＿＿＿＿＿＿＿＿＿＿＿＿＿＿＿＿＿＿＿＿＿

第 18 課
だい じゅうはち カ

1 填入適當語詞，完成下列對話。

里奈：陳さんは　もう（　　　　　　　）日本に　います
　　　　すね。さびしくないですか。

　陳：ええ、（　　　　　　　　　）さびしいです。昨日は
　　　　家族に（　　　　　　　　）電話を　かけました。

里奈：電話代が　大変でしょう。

　陳：はい、（　　　　　　　　）、友だちには　Ｅメール
　　　　や　手紙（　　　　　　　）連絡します。

| を　　それから　　３月　　３か月　　１時間 |
| あまり　　で　　とても　　それで |

2 請將下面的字詞重組後，寫出完整的句子。

1. を／手紙／友だち／書きました／に

_____

2. かかります／ぐらい／バス／２時間／で

_____

3. どのぐらい／か／勉強します／毎晩

_____

4. います／もう／に／は／山田さん／台北／３年

_____

3 請為漢字加注平假名。

1. 働きます＿＿＿＿＿＿＿＿＿　　2. 連絡します＿＿＿＿＿＿＿＿

3. 送ります＿＿＿＿＿＿＿＿＿　　4. 借ります＿＿＿＿＿＿＿＿＿

5. 寂しい＿＿＿＿＿＿＿＿＿　　　6. 大変＿＿＿＿＿＿＿＿＿＿＿

7. 電話代＿＿＿＿＿＿＿＿＿　　　8. 作文＿＿＿＿＿＿＿＿＿＿＿

9. …時間＿＿＿＿＿＿＿＿＿　　　10. …か月＿＿＿＿＿＿＿＿＿

4 翻譯

1. 行李＿＿＿＿＿＿＿＿＿＿　　2. 大約2小時＿＿＿＿＿＿＿＿

3. 電子郵件＿＿＿＿＿＿＿＿　　4. 咖哩飯＿＿＿＿＿＿＿＿＿＿

5. 湯匙＿＿＿＿＿＿＿＿＿＿

6. 用筷子吃炒麵。

＿＿＿＿＿＿＿＿＿＿＿＿＿＿＿＿＿＿＿＿＿＿＿＿＿＿＿＿＿＿＿

7. 跟陳同學借傘。

＿＿＿＿＿＿＿＿＿＿＿＿＿＿＿＿＿＿＿＿＿＿＿＿＿＿＿＿＿＿＿

8. 打電話給朋友。

＿＿＿＿＿＿＿＿＿＿＿＿＿＿＿＿＿＿＿＿＿＿＿＿＿＿＿＿＿＿＿

9. 英語學多久了？

＿＿＿＿＿＿＿＿＿＿＿＿＿＿＿＿＿＿＿＿＿＿＿＿＿＿＿＿＿＿＿

10. 從台北到高雄，搭新幹線要花多少時間？

＿＿＿＿＿＿＿＿＿＿＿＿＿＿＿＿＿＿＿＿＿＿＿＿＿＿＿＿＿＿＿

1 填入適當語詞，完成下列對話。

陳：そろそろ　お昼ですね。食事を（　　　　　　）か。

田中：はい。そこの　中華料理店は　どうですか。

陳：冷たい　飲み物が（　　　　　　）ですね。

田中：ウーロン茶は（　　　　　　）ですか。

陳：いいですね。私は　辛い物を（　　　　　　）
です。

田中：じゃ、回鍋肉（　　　　　　）しましょう。

食べます	どこ	しません	ほしい	どう
を	食べたい	に		

2 請將下面的字詞重組後，寫出完整的句子。

1. 私／が／ほしいです／電子辞書／は

_____

2. 今日／も／したく／何／ないです／は

_____

3. で／食べたいですか／を／ご飯／どこ

_____

4. 北海道／か／一緒／へ／行きません／に

_____

3 請為漢字加注平假名。

1. 疲れます_____   2. 辛い_____

3. 冷たい_____   4. 飲み物_____

5. お昼_____   6. 食事_____

7. 一緒に_____   8. 結婚_____

9. 記念日_____   10. 中華料理店_____

4 翻譯

1. 烏龍茶_____   2. 數位相機_____

3. 項鍊_____   4. 耶誕節_____

5. 巧克力_____

6. 生日的時候想要什麼？

_____

7. 我想要喝咖啡。

_____

8. 情人節想要去哪裡？

_____

9. 明天要不要一起去打網球？

_____

10. 星期日要不要一起去動物園？

_____

1 填入適當語詞，完成下列對話。

陳：（　　　　　　　）春休みですね。

田中：そうですね。陳さんは　何（　　　　　　）予定が　ありますか。

陳：3月に　韓国（　　　　　　）旅行に　行きます。
田中さんは？

田中：友だちが　東京へ　遊び（　　　　　　）来ます。
（　　　　　　）、どこへも　行きません。

それから	で	を	に	か	もうすぐ
ずっと	ですから	へ			

2 請將下面的字詞重組後，寫出完整的句子。

1. 行きます／へ／観光／箱根／に

_____

2. に／うち／の／行きました／へ／友だち／遊び

_____

3. 本／に／帰りました／うち／取り／を／へ

_____

4. に／何／西門町／か／行きます／し／を／へ

_____

3 請為漢字加注平假名。

1. 聞きます＿＿＿＿＿＿＿　**2.** 取ります＿＿＿＿＿＿＿

3. 遊びます＿＿＿＿＿＿＿　**4.** 忙しい＿＿＿＿＿＿＿

5. 宿題＿＿＿＿＿＿＿　**6.** 散歩＿＿＿＿＿＿＿

7. 観光＿＿＿＿＿＿＿　**8.** 香港＿＿＿＿＿＿＿

9. 春休み＿＿＿＿＿＿＿　**10.** 野菜＿＿＿＿＿＿＿

4 翻譯

1. 難吃的＿＿＿＿＿＿＿　**2.** 音樂會＿＿＿＿＿＿＿

3. 西裝＿＿＿＿＿＿＿　**4.** 所以＿＿＿＿＿＿＿

5. 便利商店＿＿＿＿＿＿＿

6. 畢業典禮就快到了。

＿＿＿＿＿＿＿＿＿＿＿＿＿＿＿＿＿＿＿＿＿＿＿＿＿＿＿

7. 明天有什麼預定（要做的事情）嗎？

＿＿＿＿＿＿＿＿＿＿＿＿＿＿＿＿＿＿＿＿＿＿＿＿＿＿＿

8. 去餐廳吃飯。

＿＿＿＿＿＿＿＿＿＿＿＿＿＿＿＿＿＿＿＿＿＿＿＿＿＿＿

9. 去百貨公司買鞋子。

＿＿＿＿＿＿＿＿＿＿＿＿＿＿＿＿＿＿＿＿＿＿＿＿＿＿＿

10. 昨天朋友到我家看電影。

＿＿＿＿＿＿＿＿＿＿＿＿＿＿＿＿＿＿＿＿＿＿＿＿＿＿＿

1 模仿範例，寫出形容詞的變化。

例	暑いです	暑くないです	暑かったです	暑くなかったです
1.	おいしいです	おいしくないです		
2.	忙しいです			
3.	美しいです			
4.	早いです			
5.	まずいです			

例	便利です	便利じゃありません	便利でした	便利じゃありませんでした
1.	静かです			
2.	きれいです			
3.	にぎやかです			
4.	簡単です			
5.	親切です			

2 模仿例句，填入適當的助詞。

例 日曜日 （に） 友だち （の） うち （へ） 行きました。

1. ボールペン （　　　） 家族 （　　　） 手紙 （　　　）
   書きました。

2. 誕生日 （　　　） デジタルカメラ （　　　） ほし
   いです。

3. 明日　韓国 （　　　） 友だち （　　　） 遊び （　　　）
   来ます。

4. 東京 （　　　） 北海道 （　　　） 飛行機 （　　　）
   １時間半　かかります。

5. 昨日　恋人 （　　　） デパート （　　　） 行きました。

6. 春休み （　　　） スイス （　　　） 旅行 （　　　）
   行きたいです。

3 模仿例句，填入適當的詞彙。

例 A：箱根は（どう）でしたか。

B：とても　きれいでした。

1. A：毎日（　　　　　　　　）勉強しますか。

B：5時間ぐらい　勉強します。

2. A：クリスマスに　何が　ほしいですか

B：（　　　　　　　　）も　ほしくないです

3. A：北海道の　ラーメンは（　　　　　　　　）でし

たか。

B：とても　おいしかったです。

4. A：土曜日に（　　　　　　　　）へ　遊びに　行き

ますか。

B：台北へ　遊びに　行きます。

何　　どこ　　どう　　どのぐらい

4 模仿範例，選出正確的答案。

例 里奈さんは ｛かわいいな／(かわいい)／かわいいの｝ 人です。

1. 富士山は ｛きれい／きれいな／きれいの｝ です。

2. 西門町は ｛にぎやかの／にぎやか／にぎやかな｝ 所です。

3. ｛日本語の／日本語／日本語な｝本を　買いました。

4. 陳さんは ｛親切な／親切／親切の｝ です。

5. ここは ｛いいの／いいな／いい｝ ホテルです。

6. 鈴木先生は ｛やさしいな／やさしい／やさしいの｝ 先生です。

7. 南洋大学は ｛有名／有名の／有名な｝ じゃありません。

8. 試験は ｛簡単の／簡単／簡単な｝ でした。

5 模仿範例，完成下列句子。

例 大きいです／きれいです

    A：富士山は　どうでしたか。

    B：<u>大きくて　きれいでした。</u>

1. うるさいです／きたないです

    A：駅前の　ホテルは　どうでしたか。

    B：_____

2. 大きいです／有名です

    A：山田さんの　会社は　どんな　会社ですか。

    B：_____　会社です。

3. ハンサムです／おもしろいです

    A：田中さんは　どんな　人ですか。

    B：_____　人です。

4. 安いです／かわいいです

    A：デパートで　どんな　靴を　買いましたか。

    B：_____　靴を買いました。

6 模仿範例，完成下列句子。

例 喫茶店で　コーヒーを（飲みます…飲み　　　）
たいです。

1. 図書館で　一緒に（勉強します…　　　　　　）
ませんか。

2. 動物園で　パンダの　写真を（撮ります…　　　　）
たいです。

3. 一緒に　遊園地へ（遊びます…　　　　　　　）
に（行きます…　　　　　　　　　）ませんか。

4. 今　何も（食べます…　　　　　　　　　）たくない
です。

5. お正月に　高雄へ（帰ります…　　　　　　　）
たいです。

6. 友達の　うちへ　カメラを（借ります…　　　　）
に（行きます…　　　　　　　　　）ます。

7. 冬休みに　箱根で　温泉に（入ります…　　　　）
たいです。

8. 日曜日に　西門町で　一緒に　映画を
（見ます…　　　　　　　　　）ませんか。

7 模仿範例，看圖造句。

例  看電視。

テレビを　見たいです。

テレビを　見たくないです。

1.  看電影。

_____

_____

2.  去旅行。

_____

_____

3.  喝咖啡。

_____

_____

4.  吃拉麵。

_____

_____

8 回答下列問題。

1. あなたの　いなかは　どんな　所ですか。

_____

2. うちから　学校（会社）まで　どのぐらい　かか

りますか。

_____

3. 誕生日に　何が　ほしいですか。

_____

4. 日曜日に　何を　したいですか。

_____

総合問題 1

もんだい 1 ＿＿＿＿＿は　ひらがなで　どう　かきますか。1・2・3・
4から　いちばん　いい　ものを　ひとつ　えらびなさい。

とい1　あの　自動車は　すずき先生のです。
　　　　　　　①　　　　　　②

①自動車　　1 じとうしゃ　　2 しどうしゃ　　3 じてんしゃ　　4 じどうしゃ

②先生　　　1 せんせ　　　　2 せいせい　　　3 せんせい　　　4 せいせ

とい2　日本語の　勉強は　おもしろいです。
　　　　　　③　　　　④

③日本語　　1 にほんこ　　　2 にほんご　　　3 にぼんご　　　4 にぼんこ

④勉強　　　1 べんぎょう　　2 べんきよう　　3 べんきょう　　4 べんきゅう

とい3　きむら先生は　果物が　好きです。
　　　　　　　　　　　　⑤　　　⑥

⑤果物　　　1 くだもの　　　2 ぐたもの　　　3 くたもの　　　4 くだぶつ

⑥好　　　　1 ず　　　　　　2 づ　　　　　　3 す　　　　　　4 つ

とい4　銀行は　映画館の　左に　あります。
　　　　　　⑦　　　⑧　　　　⑨

⑦銀行　　　1 きんこう　　　2 ぎんこう　　　3 ぎんこ　　　　4 ぎんごう

⑧映画館　　1 えいかかん　　2 えいかがん　　3 えいがかん　　4 えいががん

⑨左　　　　1 ひだり　　　　2 ひたり　　　　3 みぎ　　　　　4 みき

とい5　午後の　授業は　4時までです。
　　　　　　⑩　　　⑪　　　⑫

⑩午後　　　1 ごご　　　　　2 ここ　　　　　3 ごこ　　　　　4 こご

⑪授業　　　1 じゅきょう　　2 じゅぎゅう　　3 じゅぎょう　　4 じゅぎよう

⑫4時　　　1 よんじ　　　　2 しじ　　　　　3 よじ　　　　　4 よし

とい6　学校の　近くに　公園が　あります。
　　　　　　⑬　　　⑭　　　⑮

⑬学校　　　1 かっこう　　　2 がっこう　　　3 かっごう　　　4 がつこう

⑭近　　　　1 ちが　　　　　2 ちかい　　　　3 ちか　　　　　4 ぢかい

⑮公園　　　1 ごうえん　　　2 こえん　　　　3 こんえん　　　4 こうえん

もんだいII _____は どう かきますか。1・2・3・4からい
ちばん いい ものを ひとつ えらびなさい。

とい1 それは えいごの きょうかしょです。
　　　　　　　　①　　　　　②

①えいご　　1 中国語　　　2 英語　　　　3 単語　　　　4 外国語

②きょうかしょ1 教課書　　2 考科書　　　3 参考書　　　4 教科書

とい2 しごとは ごぜん くじからです。
　　　　　③　　　　④　　　⑤

③しごと　　1 作業　　　　2 工事　　　　3 士事　　　　4 仕事

④ごぜん　　1 牛前　　　　2 午前　　　　3 牛役　　　　4 午役

⑤くじ　　　1 6時　　　　2 7時　　　　3 8時　　　　4 9時

とい3 にわに りょうしんが います。
　　　　　⑥　　　⑦

⑥にわ　　　1 外　　　　　2 山　　　　　3 店　　　　　4 庭

⑦りょうしん1 良心　　　　2 兩親　　　　3 両親　　　　4 兄弟

とい4 ちかてつの いりぐちは ビルの したです。
　　　　　⑧　　　　　⑨　　　　　　⑩

⑧ちかてつ　1 池下鉄　　　2 地下鉄　　　3 地下　　　　4 地鉄

⑨いりぐち　1 出口　　　　2 人口　　　　3 出門　　　　4 入口

⑩した　　　1 下　　　　　2 上　　　　　3 横　　　　　4 右

もんだいIII _____の ところに なにを いれますか。１・２・３・
４から いちばん いい ものを ひとつ えらびなさい。

①日本は さむいです。 たいわんは _____。

    １あたたかです   ２あたたかいです

    ３あだだかいです   ４あだたがいです

②ふじさんは _____ やまです。

    １きれいだ   ２きれい   ３きれいな   ４うつくし

③きむらさんは _____です。

    １しんせつだ   ２しんせつ   ３しんせつな   ４やさし

④たいわんは いい _____です。

    １ばしょ   ２ちほう   ３ところ   ４ちいき

⑤この _____は おいしいです。

    １パンダ   ２スタンド   ３ケーキ   ４スポーツ

もんだいⅣ _____の ところに なにを いれますか。1・2・3・4から いちばん いい ものを ひとつ えらびなさい。

①ゆうえんちは 何時_____ですか。

    1 ごろ   2 まで   3 に   4 半

②わたしは りんごより みかんの _____ 好きです。

    1 ほう   2 ほうが   3 から   4 を

③公園に いけ_____ あります。

    1 で   2 は   3 が   4 を

④陳さん_____ 学校は おおきいです。

    1 で   2 の   3 に   4 は

⑤わたしは コーヒーが _____ 好きではありません。

    1 とても   2 おおぜい   3 たくさん   4 あまり

もんだいV　どの　こたえが　いちばん　いいですか。1・2・3・4か
　　　　　　ら　いちばん　いい　ものを　ひとつ　えらびなさい。

① A「はじめまして。佐藤里奈です。よろしく。」

　　B「はじめまして。陳淑恵です。＿＿＿＿＿＿。」

　　1 どうぞ、よろしく　　　　　　　2 また、あした

　　3 おねがいします　　　　　　　　4 よろしく　お伝え　ください

② A「あのう、きっぷうりばは　ここですか。」
　　B「＿＿＿＿＿＿。あの　ばいてんの　うしろです。」

　　1 はい、そうです　　　　　　　　2 いいえ、ここじゃ　ありません
　　3 はい、ここです　　　　　　　　4 いいえ、あちらじゃ　ありません

③ A「＿＿＿＿＿＿。ATMは　どこに　ありますか。」
　　B「2階です。」

　　1 なんですか　　2 ありがとう　　3 すみません　　4 そうですか

④ A「いま　何時ですか。」
　　B「＿＿＿＿＿＿です。」

　　1 6時30分後　　2 6時半　　　　3 7時30分前　　4 6時半から

⑤ A「この　きっさてんは　すてきですね。」
　　B「＿＿＿＿＿＿。はいりましょうか。」

　　1 そうです　　　2 そうですか　　3 そうですね　　4 そうですよ

総合問題 II

もんだい１ ＿＿＿＿＿＿は　ひらがなで　どう　かきますか。１・２・３・
４から　いちばん　いい　ものを　ひとつ　えらびなさい。

とい１ 試験は　金曜日です。
　　　　　①　　　　②

①試験　　　１しえん　　　　２しげん　　　　３しけん　　　　４すえん

②金曜日　　１きんやうび　　２ぎんようび　　３さんようび　　４きんようび

とい２ 部屋で　手紙を　かきます。
　　　　　③　　　　④

③部屋　　　１べや　　　　　２やへ　　　　　３へや　　　　　４ぶや

④手紙　　　１たかみ　　　　２てがみ　　　　３てかみ　　　　４てし

とい３ 旅館は　とても　静かでした。
　　　　　⑤　　　　　　　⑥

⑤旅館　　　１りゅかん　　　２りょかん　　　３りゅうかん　　４たびかん

⑥静　　　　１しづ　　　　　２しす　　　　　３ちん　　　　　４しず

とい４ お正月は　家族と　神社へ　いきました。
　　　　　　⑦　　　　⑧　　　⑨

⑦正月　　　１しゅうがつ　　２しようかつ　　３しょうかつ　　４しょうがつ

⑧家族　　　１かぞく　　　　２がぞく　　　　３かぞぐ　　　　４かそく

⑨神社　　　１しんしゃ　　　２じんしゃ　　　３じんじゃ　　　４しんじゃ

とい５ 昨日は　友だちに　１じかん　電話を　かけました。
　　　　　⑩　　　　⑪　　　　　　　⑫

⑩昨日　　　１きのう　　　　２きょう　　　　３あした　　　　４さくや

⑪友　　　　１ども　　　　　２ゆう　　　　　３よう　　　　　４とも

⑫電話　　　１でんわ　　　　２てんわ　　　　３でんれ　　　　４てんれ

とい６ 明日　友だちが　うちへ　遊びに　来ます。
　　　　　⑬　　　　　　　　　　⑭　　　⑮

⑬明日　　　１きのう　　　　２あした　　　　３あさって　　　４あさ

⑭遊　　　　１ゆう　　　　　２あぞ　　　　　３あそ　　　　　４よう

⑮来　　　　１か　　　　　　２き　　　　　　３く　　　　　　４こ

もんだいⅡ _____ は　どう　かきますか。１・２・３・４から
　　　　　　いちばん　いい　ものを　ひとつ　えらびなさい。

とい１　わたしは　まいばん　10時に　ねます。
　　　　　　　　　　①　　　　　　　　②

①まいばん　１毎夜　　　　　２毎晩　　　　　３各夜　　　　　４各晩

②ね　　　　１睡　　　　　　２横　　　　　　３寝　　　　　　４起

とい２　やさいを　かいに　いきます。
　　　　　　　　　　③　　　④

③か　　　　１買　　　　　　２売　　　　　　３購　　　　　　４賣

④い　　　　１去　　　　　　２来　　　　　　３言　　　　　　４行

とい３　うちまで　あるいて　かえります。
　　　　　　　　　　⑤　　　　　⑥

⑤ある　　　１走　　　　　　２慢　　　　　　３歩　　　　　　４足

⑥かえ　　　１帰　　　　　　２回　　　　　　３来　　　　　　４返

とい４　まいあさ　７時に　おきます。
　　　　　　⑦　　　　　　　　⑧

⑦まいあさ　１毎早　　　　　２毎朝　　　　　３毎日　　　　　４毎次

⑧お　　　　１起　　　　　　２床　　　　　　３寝　　　　　　４興

とい５　日本で　さんねんぐらい　はたらきました。
　　　　　　　　　　⑨　　　　　　　⑩

⑨さんねん　１３歳　　　　　２３年　　　　　３３月　　　　　４３度

⑩はたら　　１動　　　　　　２作　　　　　　３働　　　　　　４労

もんだいⅢ _____の　ところに　なにを　いれますか。１・２・３・
　　　　　　４から　いちばん　いい　ものを　ひとつ　えらびなさい。

①あの　でんしじしょは　_____。

　　１たかいかったです　　　　　２たかいじゃありません
　　３たかいなかったです　　　　４たかくなかったです

②とうきょうは　_____した。

　　１にぎやか　　　２にぎやかだ　　３にぎやかな　　４にぎやかで

③きょうとは　_____　うつくしかったです。

　　１静かな　　　　２静か　　　　　３静かじゃない　４静かで

④_____に　アイスクリームを　かいに　いきます。

　　１エンジニア　　２コンサート　　３コンビニ　　　４ホテル

⑤明日は　_____　かいますか。

　　１なにが　　　　２なにを　　　　３どこが　　　　４どこを

もんだいIV _____の ところに なにを いれますか。1・2・3・
4から いちばん いい ものを ひとつ えらびなさい。

①たなかさんは 12時_____ ねます。

    1 で   2 ごろ   3 を   4 ずっと

②日本語_____ 手紙を かきます。

    1 に   2 は   3 で   4 を

③陳さん_____ にもつを おくります。

    1 を   2 で   3 に   4 ごろ

④ぼくは 今 くるま_____ ほしいです。

    1 で   2 が   3 は   4 を

⑤日本の どこ_____ いきたいですか。

    1 で   2 へ   3 が   4 より

もんだいV どの こたえが いちばん いいですか。1・2・3・4か
ら いちばん いい ものを ひとつ えらびなさい。

① A「あついですね。」

　 B「＿＿＿＿＿がほしいです。」

　　 1 つめたい りょうり　　　　　 2 からい のみもの

　　 3 つめたい のみもの　　　　　 4 あたたかい たべもの

② A「つかれましたね。」

　 B「＿＿＿＿＿。」

　　 1 いいですね　　　　　　　　 2 ええ、今は 何も したくないです
　　 3 北海道へ いきたいです　　　 4 そうです

③ A「＿＿＿＿＿。」

　 B「りんごを ください。」

　　 1 よろしく　　　　　　　　　 2 いらっしゃいませ
　　 3 すみません　　　　　　　　 4 ありがとうございました

④ A「バナナは ＿＿＿＿＿ですか。」

　 B「10本で 300円です。」

　　 1 なんにん　　 2 いくつ　　　 3 なんこ　　　 4 いくら

⑤ A「やましたさんは ＿＿＿＿＿ 人ですか。」

　 B「きれいで しんせつな 人です。」

　　 1 なんの　　　 2 どんな　　　 3 どこの　　　 4 いくつ

総合問題Ⅰ 解答欄

もんだいⅠ	とい1		とい2		とい3		とい4			とい5			とい6		
	①	②	③	④	⑤	⑥	⑦	⑧	⑨	⑩	⑪	⑫	⑬	⑭	⑮

もんだいⅡ	とい1		とい2			とい3		とい4		
	①	②	③	④	⑤	⑥	⑦	⑧	⑨	⑩

もんだいⅢ	①	②	③	④	⑤

もんだいⅣ	①	②	③	④	⑤

もんだいⅤ	①	②	③	④	⑤

総合問題II 解答欄

もんだいI	とい1		とい2		とい3		とい4			とい5			とい6		
	①	②	③	④	⑤	⑥	⑦	⑧	⑨	⑩	⑪	⑫	⑬	⑭	⑮

もんだいII	とい1		とい2		とい3		とい4		とい5	
	①	②	③	④	⑤	⑥	⑦	⑧	⑨	⑩

もんだいIII	①	②	③	④	⑤

もんだいIV	①	②	③	④	⑤

もんだいV	①	②	③	④	⑤

著　者

　高津正照（淡江大学日文系）

　陳　美　玲（義守大学応用日語學系）

　謝　美　珍（和春技術学院応用外語系）

　黃　麗　雪（元培科技大學通識中心外文組）

　施　秀　青（德霖技術學院應用英語系）

加油！日本語 ② 練習帳

2008年（民97）10月1日 第1版 第1刷 發行
2015年（民104）4月1日 第1版 第4刷 發行

定價 新台幣：60元整

著　　　者　　高津正照・陳　美　玲・謝　美　珍
　　　　　　　黃　麗　雪・施　秀　青
發 行 人　　林　　　寶
責任編輯　　加納典効
封面設計　　蕭　莉　靜
發 行 所　　大新書局
地　　址　　台北市大安區(106)瑞安街256巷16號
電　　話　　(02)2707-3232・2707-3838・2755-2468
傳　　真　　(02)2701-1633・郵政劃撥：00173901

香港地區　　香港聯合書刊物流有限公司
地　　址　　香港新界大埔汀麗路36號 中華商務印刷大廈3字樓
電　　話　　(852)2150-2100
傳　　真　　(852)2810-4201

ISBN 978-986-6882-80-7 (E622)